Albert Wendt
Der Stolperhahn

Albert Wendt

Der Stolperhahn

Illustrationen von Konrad Golz

leiv

Für
Ute und
Gerd,
Jörn und
Matthias
gag, gag

herzlich
von
Albert Wendt
26. Sept. 08

1. Auflage 2006
Text: Albert Wendt
Illustrationen: Konrad Golz
Druck und Binden: Východoslovenskè tlačiarne a.s., Košice
Printed in Slovakia
www.leiv-verlag.de

ISBN 3-89603-255-0

1.

Das Fensterviereck im dunklen Hühnerstall wurde hell und heller. Der Prachthahn verlor die Geduld.

„Schlappkamm, wach auf!“, sagte er. „Schlappkamm, du bist dran!“

Doch Schlappkamm, der zweite Hahn im Stall, wollte nicht.

„Lass mich“, krächzte er müde. „Sing, mein Freund, auch heut das Morgenlied. Du singst um vieles besser.“ Und schon schlief er wieder.

„Wenn du Freund sagst, kann ich nicht nein sagen“, ließ sich der Prachthahn überreden. Er reckte sich zur vollen Pracht und sang:

„Kikeriki!
Hört, Federvieh!
Der Tag bricht schon auf.
Wer mit will, der lauf,
der krieche und spring.
Wer nichts kann, der sing.
Kikeriki, Kikeriki!“

Unten im Haferstroh hielt eine alte Gans ihren Kopf schief.

„Wie er das wieder gemacht hat“, sagte sie und seufzte. „Ich wollt, ich wär ein Huhn.“

„Dumme Gans“, sagte ihr Mann, der Ganter, und seufzte auch.

Hühner und Gänse verließen den Stall. Der Schlappkamm blieb schlafend auf seiner Stange. Der Prachthahn aber bewegte sich genauso, wie sich ein ausgeruhter Hahn am Morgen zu bewegen hat. Er zögerte fein, bevor er den Fuß aufsetzte, der Regenbogenschwanz wippte sacht und der pralle Kamm zackte kraftvoll.

„Sieh doch nur“, schwärmte die Gans, „was für einen schönen Gang er hat.“

„Ich habe auch einen schönen Gang“, behauptete ruhig der Ganter.

„Gang nennst du das“, schnatterte die Gans. „Das Schleifen deines Fettwanstes über den Boden, das Platschen deiner plumpen Flossen nennst du Gang?“

„Wenn dir der Gockel so gut gefällt“, sagte der Ganter, „dann lad ihn doch zum Baden ein. Ich würde gern mit ihm um die Wette schwimmen.“

Zwei fette Hühner mit den Namen Hanna und Hulda trafen sich an der Tränke.

„Wie geht's, Henne Hanna?"

„Wie geht's, Henne Hulda?"

„Eins a wie immer."

„Wie immer eins a."

„Weißt du, Henne Hanna, heut ging es so leicht, dass ich einen Moment lang dachte, es wäre nur ein mittleres Ei. Aber dann war es doch wieder ein Groß-Ei."

„Mir ging es ganz ähnlich, Henne Hulda. Ich fühlte mich nicht wohl und war überzeugt, heute kann es nichts werden. Aber dann ist es doch wieder ein Groß-Ei geworden."

„Bei all unserer Bescheidenheit, Henne Hanna, sollten wir doch gleich zu ihm gehen und es ihm sagen."

„Ja, Henne Hulda, nicht um zu prahlen, um ihn zu erfreuen.

„Gehen wir schnell. Er hört es so gern."

Die Hennen wackelten mit ihren dicken Hochleistungshintern eilig zum Prachthahn. Ein junges Hühnchen sah ihnen nach.

„Wer so gut gebaut ist wie ich“, sagte das Hühnchen trotzig, „der kann nun mal keine großen Klumpen ins Nest legen.“ Und sie sang leise das Lied von den kleinen Eiern:

„Von keinem geachtet,
nicht freundlich betrachtet,
leg ich die kleinsten Eier.

Und bin ich auch schön,
will's keiner hier sehn.
Schuld sind die kleinen Eier.

Sogar unser Prachthahn
sieht mich nur schief an,
wegen der kleinen Eier.

Das Klein-Eierhuhn
schimpft man mich nun.
Hol sie doch alle der Geier.

Nur ihn nicht“, sagte das Hühnchen. „Obwohl er verdient hätte, dass ihn der Geier holt. Er ist so verblendet, dass er nur noch das Große sieht. Ich werd ihm wohl eine große Lüge vorlügen müssen, um gesehen zu werden.“

2.

„He, Klein-Eierhuhn, komm nicht so nah“, sagte unwillig der Prachthahn. „Du scharrst mir Sand aufs Gefieder.“

„Verzeih, Prachthahn. Ich muss so wild scharren, weil ich so wild hungrig bin. Willst du wissen, warum ich wild hungrig bin?“

„Nein, das will ich nicht wissen. Geh weg und erzähl es dem Schlappkamm.“

„Du schickst mich weg“, sagte das Klein-Eierhuhn schwer gekränkt. Und es übertrieb das Spiel ein wenig. „An meinem Feiertag.“

„Arbeitstag ist heut“, sagte der Prachthahn. „Gib die Sicht frei auf meine Hanna und meine Hulda.“

„Sieh mich an!“, rief das Klein-Eierhuhn. „Ich habe heut mein erstes Groß-Ei gelegt.“

Und der Hahn betrachtete das Hühnchen. Und er betrachtete es erfreut, ganz genauso, wie ein prächtiger Hahn ein hübsches Hühnchen betrachtet. Er reckte den Hals mit dem Gold schimmernden Kragen und rief:

„Kikeriki!
Hört Federvieh.
Das Klein-Eierhuhn
legt Groß-Eier nun!“

Die fetten Hühner aber wollten sich nicht mitfreuen.

„Hast du das gehört, Henne Hulda?“

„Ich habe es gehört, Henne Hanna.“

„Das dumme, dünne Ding.“

„Macht einen Krach um eine Sache, die wir ganz nebenbei erledigen.“

„Sie ist noch jung“, gackerte Hanna. „Wir wollen ihr verzeihen.“

„Aber nicht“, gackerte Hulda, „wenn unser Prachthahn sich allzu sehr erkenntlich zeigt.“

Doch der Prachthahn war schon dabei, sich erkenntlich zu zeigen. Er umtänzelte mit „gog, gog, gog!“ das Hühnchen. Die Flügel eindrucksvoll nach unten gefächert, sodass die kräftigen Flugfedern auf dem Boden knatterten.

„Zur Feier des Tages“, sagte er, „lauf ich auch dir hinterher. Renn schon los, mein Hühnchen.“

„Oh, ja, ich fliege“, juchzte das Hühnchen.

„Warte noch, Prachthahn“, mischte sich die Henne Hanna ein. „Henne Hulda und ich möchten gern einen Stein..., oh Verzeihung... einen Blick aufs festliche Nest werfen. Ein Groß-Ei in einem Klein-Eiernest ist immer sehenswert.“

„Lass das nicht zu, Prachthahn“, rief das Hühnchen. „Solches Misstrauen beleidigt mich.“

„Der Anblick wird sie beschämen“, sprach der Hahn.

Die fetten Hühner gackerten in den Stall und beugten sich über das Nest des Klein-Eierhuhns.

„Siehst du es, Henne Hanna?"
„Ich sehe es, Henne Hulda."
„Es ist fast noch größer als unsere."
„Neidisch bin ich nicht. Nur schreckliche Wut habe ich."

„Ich gönn ihr das Ei. Aber noch mehr gönn ich ihr, dass sie das Schwein beißt."

„Was denkst du, Henne Hulda…

„Das gleiche wie du, Henne Hanna."

„Pfui."

Die Hennen dachten, dass man bei einem zerbrochenen Ei nicht mehr erkennen kann, ob es mal ein Groß-Ei war oder ein Klein-Ei. Sie könnten dann das Hühnchen als Lügnerin beschimpfen, die ein billiges Klein-Ei gelegt hat mit mangelhafter Statik und zu dünner Schale.

Beide Hennen hoben gleichzeitig die Köpfe und hackten mit Wut und Wucht auf das große Hühnerei.

„Auuu!“

„Weh, mein Schnabel ist krumm.“

„Weh, mein Schnabel ist schief.“

„Das ist ein Gipsei. Helle Hulla.“

„Ein hartes Ei aus Gips. Helle Halla.“

„Diese Nügnerin.“

„Sie hat genogen.“

„Ich rufe es naut: Das Klein-Eierhuhn nügt.“

„Ich schneie noch nauter: Es nügt das Klein-Eierhuhn.“

So schreiend stürzten sie mit aufgeplustertem Gefieder aus dem Stall. Sie sahen aus wie aufgeplatzte Sofakissen.

„Wenn es wahr ist, dass du gelogen hast, dann wird nicht gerannt“, sagte streng der Hahn zum Hühnchen. Denn er durfte ja nicht nur seinen eigenen Neigungen nachgehen, sondern musste den ganzen Hühnerhof weise regieren.

„Ich wollte dir doch nur eine Freude machen“, sagte verlegen das Klein-Eierhuhn.

„Überlass sie mir, Freund Prachtkamm“, krächzte der Schlappkamm, der sich unmerklich angeschlichen hatte. „Sie schadet deinem Ansehen.“

„Nur das nicht“, rief entsetzt das Hühnchen. „Ich will den Schlappkamm nicht.“

„Nicht schnecht, der Schnappkamm, muss nach ihr naufen“, sagte Hanna.

„Nauf nos, da gibt es was zu nachen“, sagte Hulda. Und beide grinsten schief mit ihren schiefen Schnäbeln.

„Lieber Prachthahn, hacke mich, sperre mich ins Dunkel, rupf mir alle Federn aus, nur zwing mich nicht, den Schlappkamm zu heiraten“, bettelte das Klein-Eierhuhn.

„Hör nicht auf sie“, sagte Hanna.

„Übernass sie dem Schnappkamm“, sagte Hulda.

„Mein Gefühl für dich“, sagte das Hühnchen zum Hahn, „ist so groß, dass ich keinen anderen ertragen kann.“

Lange überlegte der Hahn. „Dann, Klein-Eierhuhn“, entschied er endlich, „bleibst du ganz ohne Hahn, so lange, bis deine Eier so groß wie dein Gefühl sind.“

„Besser allein, als ohne dich zu zweien“, nahm das Hühnchen das Urteil entgegen.

„Zu neicht ist die Strafe, nicht schnimm genug“, gnuckerte Hanna.

„Für einen so schnimmen Betrug“, gnackerte Hulda.

„Das wirst du noch bereuen, Freund Prachthahn“, drohte leise der Schlappkamm. Laut aber sagte er: „Unsere Freundschaft ist mir wichtiger als ein mageres Huhn.“

„Wie er das wieder gemacht hat“, schnatterte die Gans. „So charmant und trotzdem voller Entschlusskraft.“

„Was ist?“, fragte der Ganter, der gerade ein Nickerchen gemacht hatte. „Ach so. Ja, das stimmt. Ich bin kräftig und charmant.“

„Du doch nicht“, sagte schnippisch die Gans. „Du hast immer nur den Kopf unterm Flügel.“

„Dort ist es so schön still“, sagte ruhig der Ganter. „Um was ging es denn?“

„Es gab Streit um große und kleine Hühnereier“, erklärte die Gans. Der Ganter aber schob gelangweilt seinen Kopf zurück unter den Flügel und murmelte dazu:

„Ein Klein-Ei ist mir einerlei.
Ein Groß-Ei noch viel einerleier.
Ohne Geschrei
legen wir zwei
dreimal so große Eier.“

3.

Der Prachthahn stand auf seinem Platz, einem handlichen Misthaufen mitten im Hühnerhof. Mit wachem Auge überschaute er seinen kleinen Betrieb. Alles war gut. Da kam der Schlappkamm vorbei. Er stellte sich vor den Prachthahn und glotzte ihn an. Dabei hielt er den Kopf so schief, dass sein Kamm auf den Boden schlappte.

„Schlappkamm, hör auf“, sagte der Prachthahn. „Schlappkamm, was soll denn das?“

Der Schlappkamm sagte kein Wort. Er seufzte Dann schüttelte er den Kopf, schlapp, schlapp, schlapp.

„Freunde“, krächzte er endlich, „müssen sich doch immer die Wahrheit sagen, auch wenn es wehtut.“

„Sag drauflos“, forderte der Prachthahn. „Was gefällt dir nicht an mir? Ist etwa meine Haltung schlecht. Oder ist nicht genug Glut in den Farben meiner Federn. Oder bin ich gar blass um den Kamm.“

„Aber nicht doch, Freund Prachthahn, du bist prächtig wie immer“, krächzte der Schlappkamm.

„Aber worauf stehst du?“ Er schüttelte nochmals den Kopf, schlapp, schlapp, schlapp! „Auf einem Misthaufen. Das ist“, und er warf den Kopf zurück, schlapp, „als hätte ein Denkmal einen Sockel aus Mist, als wäre das Gemälde einer schönen Henne mistig gerahmt. Du gehörst höher gestellt, auf eine marmorne Säule vielleicht oder einen Turm, aber doch wenigstens auf ein Haus. Steig auf das Dach, Freund Prachthahn, nimm den Platz ein, der dir gebührt.“

„Schweig, Schlappkamm! Du machst mich verlegen“, sprach der Prachthahn. „So besonders bin ich nicht. Ich halte den Hof in Ordnung und halt etwas auf mein Äußeres, weil es dazu gehört. Der Misthaufen ist mein Platz von alters her.“

Der Schlappkamm schwieg und lauerte. Der Prachthahn sah sich um und sah nach oben. Er reckte sich, schlug mit den Flügeln und schritt ein paar seiner berühmten Schritte. Er dachte nach.

„Nun“, sagte er schließlich, „eine gute Seite hat dein Vorschlag. Ich könnte vom Dach aus weiter sehen. Näherte sich Gefahr, dann könnte ich euch früher warnen.“

„Das ist deine Pflicht!“, bestärkte ihn hastig der Schlappkamm. „Also steige auf.“

„Sofort?“

„Sofort!“, rief der Freund und krächzte noch gute Ratschläge. „Du flatterst erst auf den Zaun, vom Zaun aufs Vordach, von dort aufs Hauptdach.“

Der Prachthahn ging tief in die Hocke, drückte sich ab und flatterte auf den Zaun. Die Hühner verdrehten die Köpfe.

„Sieh nur, Helle Hulla."

„Ich sehe, Helle Halla, unser Nieber ist auf den Zaun gefnattert."

Der Prachthahn flatterte aufs Vordach.

„Ein Gnück, so einen mutigen Mann zu haben."

„Und eine Nust."

„Ihr Hennen, haltet ihn auf", rief erregt das Klein-Eierhuhn. „Seht doch, jetzt fliegt er aufs Haus und stürzt mir noch ab."

„Du hast keinen, der dir abstürzen kann“, gackerte Hanna. „Darum halt deinen Schnabel. Komm, Helle Hulla, wir noben ihn naut.“

„Neicht wie eine Fniege ist er gefnogen“, riefen sie im Chor. „Er nebe hoch.“

„Höher. Na los doch, noch höher!“, krächzte der Schlappkamm.

„Halt ein!“, flehte das Hühnchen.

„Mir zittert die Wade“, gestand die Gans. „Der Busen bebt, vom Sterz ganz zu schweigen.“

„Wer einen kurzen Hahnenhals hat, der muss klettern, um den Kopf hoch zu haben. Ich habe das nicht nötig“, sagte ruhig der Ganter.

„Seht, niebe Neute, es ist genungen“, rief Hanna.

„Wie ein Nord steht er oben, unser neichtsinniger Nümmel“, rief Hulda.

Der Prachthahn hatte den Dachfirst erreicht. Er taumelte mit gebreiteten Flügeln im Wind.

„Kikeriki!
„Hört, Federvieh!
Den schönsten Sang will ich singen
Hier oben wird er gelingen.
Hilfe! Hilfe!“

Eine Windböe hatte den Hahn gepackt und schleuderte ihn kopfüber, kopfunter in die Tiefe.

„Flattere um dein Leben“, rief das Klein-Eierhuhn.

„Leg die Flügel an“, schlug der Schlappkamm vor. „Dann fällst du wie ein Stein und musst nicht lange leiden.“

„Denk zuletzt noch an Halla und Hulla“, riefen die Hennen.

„Versuch, auf den Mist zu fallen“, rief das Klein-Eierhuhn.

„Oder auf meinen Mann“, rief die Gans, „der ist noch weicher.“

„Mit dem Kopf aufs Pflaster“, rief der gute Freund Schlappkamm. „Dann ist es schnell vorbei, ohne Schmerzen.

„Sieht gar nicht gut aus, wie er so fnattert“, sagte Hanna leise zu Hulda.

„Pnatsch, da niegt er im Mist, mit dem schönen Gefieder“, sagte Hulda zu Hanna und verzog den schiefen Schnabel noch schiefer.

„Hurra, er lebt!“, sagte leise das Hühnchen. „Ich bin gerettet.“

Auch der Schlappkamm krächzte leise: „Hurra, Hurra, Hurra.“

„Wie er das wieder gemacht hat“, schnatterte die Gans.

„Wenn er so daliegt, ist er mir gar nicht so unsympathisch“, sagte ruhig der Ganter.

Der Gestürzte rappelte sich auf und versuchte seine Schmerzen zu verbergen.

„Verzeiht meine unkorrekte Haltung und mein nachlässiges Äußeres“, sagte er mit Mühe. „Auch bitte ich um Entschuldigung, dass mein hastiger Rückzug aus der Höhe so gänzlich ohne Würde war. Und seht mir nach, dass ich euch jetzt etwas erschrecken muss: Ich bin ernsthaft verletzt. Ich habe mir ein Bein verrenkt.“

4.

Nun stand der Hahn schon drei Tage in der Mitte des Hofes und rührt sich nicht von der Stelle. Immer noch schön, immer noch stolz, aber auf einmal unendlich traurig. Seit seinem Unfall konnte er nicht mehr richtig laufen. Bei jedem zweiten Schritt stolperte er und lag mit dem kostbaren Gefieder im Dreck. Aus dem Prachthahn war ein Stolperhahn geworden.

„Ach, Mann, das schlägt mir auf die Gänseleber“, sagte die Gans.

„Ein Hahn, der nicht rennen kann, ist kein Hahn“, sagte ruhig der Ganter. „Hinter den Hühnern herzurennen ist nun mal sein Beruf. Bin ich froh, dass ich ein Ganter bin. Ein Ganter braucht keine flinken Beine."

An der Tränke trafen sich Hanna und Hulda.

„Dein Näschen ist rot vom Weinen, Henne Hanna."

„Du siehst auch nicht glücklich aus, Henne Hulda."

„Unsere Schnäbel sind geheilt. Unser Hahn ist noch kaputt."

„Im Grunde sind wir Witwen."

„Ja. Verlassene sind wir im Grunde."

„Trotzdem wollen wir zu ihm halten."

„Obwohl er nur noch ein Stolperhahn ist, bleiben wir ihm treu."

Sie scharrten lustlos vor sich hin und entfernten sich dabei weiter und weiter vom Stolperhahn.

„Sieh mal, Hulda, der Schlappkamm hat eigentlich einen sehr elastischen Schritt."

„Ach, Hanna, man könnte ihn fast sportlich nennen."

„Seid gegrüßt, ihr schönen Damen!", krächzte verwegen der Schlappkamm. „Darf ich es wagen, Sie zu einem Läufchen einzuladen."

„Treu hin, Treu her!", gackerte Hanna. „Wer eine so artige Einladung abschlägt, ist unhöflich."

„Lieber fremd gelaufen, als treu gestolpert", gackerte Hulda.

„Sieh gut hin, Freund Stolperhahn", krächzte der Schlappkamm dem traurigen Hahn zu. „Jetzt werd ich dir zeigen, was Laufen heißt. Hui!"

So belebte sich der Hühnerhof nach dem Unglück wieder. Und obwohl der verletzte Hahn still dastand, ging alles seinen normalen Gang. Nur das Klein-Eier-

huhn wollte dabei nicht mitmachen. Sie sang leise ein trauriges Liebeslied:

„Der Liebste fiel, ach,
herunter vom Dach.
Mein Lieb stieg so auf,
dass ich zu ihm lauf.

Ob taub oder blind
ich ihn dann find;
ob dumm wie Holz
große Lieb ist ohne Stolz.

Und kommt ein Leu mir quer,
zerrauf ich ihn sehr.
Besieg Schwein und Hund
und lieb den Liebsten gesund.“

Aber Löwen und Schweine sind leichter zu besiegen als alte Hühnerhofgesetze. Und eines der alten Hühnerhofgesetze heißt: Hühner dürfen nicht zum Hahn gehen. Sie müssen warten, bis er sie jagt. Doch das Klein-Eierhuhn konnte nicht warten. Sie musste hin zu ihm, ihn trösten und stützen. Sie wollte die anderen Hühner um Erlaubnis bitten.

Sie traf Hanna und Hulda in bester Stimmung.

„Nicht übel war der Lauf, Henne Hanna."

„Ja. Laufen macht die Wangen rot, Henne Hulda."

„Komm, wir gehen hier am Zaun entlang. Ich möchte jetzt nicht so nah am Stolperhahn vorbei."

„Kollegin Hanna, Kollegin Hulda!", rief freundlich das Klein-Eierhuhn.

„Was wird sie wohl wollen, die Dürre?"

„Den Schlappkamm wird sie wollen, die Halbstarke."

„Ihr Freundinnen, hört!", begann das Hühnchen.

„Du brauchst dir keine Mühe zu geben. Du kriegst ihn nicht", gackerte Hanna drauflos.

„Hochmütig hast du den Schlappkamm verschmäht und jetzt verschmäht er dich", gackerte Hulda hinterher.

„Doch nicht euren prächtigen Schlappkamm will ich", versicherte das Klein-Eierhuhn. „Nur den Lahmen dort, gebt mir. Jetzt wo er nichts mehr taugt, nehme ich ihn doch niemandem weg. Lasst mich zu ihm gehen und seine Frau werden. So recht und schlecht, doch immerdar."

„Ich muss mich wohl verhört haben, Henne Hanna, dass hier ein Huhn sagt, es will zu einem Hahn hingehen."

„Es kann nur ein Versprecher sein, Henne Hulda, dass das Huhn geht und der Hahn nur steht."

„Ihr habt richtig gehört und ich habe mich nicht versprochen", sagte das Hühnchen und gestand offen: „Meine Liebe ist größer, als es das Gesetz erlaubt."

„Sie ist eine Schande."

„Sie ist eine Gesetzesbrecherin."

„Eine gefiederte Hündin ist sie."

„Wir werden ihr die Flausen aus dem Kopf hacken."

„Wir hacken ihr die Liebe aus dem Herzen. Los, auf sie."

Und die kräftigen Hennen hackten mit Wut und mit Wucht auf das kleine Hühnchen ein.

„Auweh“, rief das Hühnchen und versuchte sich ganz klein zu machen, wie es Hühner tun, wenn sie von stärkeren gehackt werden. „Nicht so derb. Nein, nicht doch, was tut ihr? Ihr reißt mir die Federn aus. Das dürft ihr nicht. Wie sehe ich dann aus. Dann gefall ich ihm doch nicht mehr. Hackt mich“, flehte sie, „aber lasst mir mein Gefieder heil.“

„Geschieht ihr ganz Recht“, krächzte der Schlappkamm und sah behaglich zu. „Diese Tracht wird sie so bescheiden machen, dass sie meinen Schlappkamm für eine Krone hält.“

Und er kreischte wie eine stumpfe Säge:

„Krächzeriki!
Hört mir zu.
Gut wird dem Klein-Eierhuhn
diese Senge tun.“

5.

Doch wer nun denkt, gerupfte Hühnchen geben auf, der kennt die Frauen nicht. Zuerst heulte das Hühnchen laut und lange, dann putzte es sich kräftig und dann muckte es wieder auf.

Es hatte sich einen Plan ausgedacht. Mit einer List wollte sie den Liebsten aus seiner traurigen Lage befreien. Sie plante ein falsches Hühnerrennen. Ganz langsam wollte sie vor dem Hahn herlaufen und sich schnell von ihm fangen lassen. Er sollte dabei mit seinen starken Flügeln das kranke Bein entlasten, so, dass man das Hinken nicht mehr sah.

„Das hat doch keinen Zweck", flüsterte der Stolperhahn.

„Das hat sogar einen sehr schönen Zweck“, flüsterte das Hühnchen. „Wenn es klappt, werden dich alle wieder achten und wir dürfen zusammen bleiben.“

„Ach, Hühnchen, Hühnchen“, ließ sich der Hahn überreden. „Mit dir könnte ich Pferde stehlen. Warum dann nicht auch so einen falschen Lauf machen.“

Und mutig rief das Hühnchen den Hof zusammen:

„Reckt die Hälse, wischt die Hühneraugen blank.
Der Stolperhahn ist nicht mehr krank.
Nehmt auf der Misttribüne Platz
und bestaunt die große Hahnenhatz.
Ich bin die schnellste, und fängt er mich ein,
soll er wieder der Prachthahn sein.“

Misstrauisch wackelten Hanna und Hulda heran.

„Fehlt nur noch, dass die kräht, Henne Hanna."

„Sie trägt den Schnabel wieder sehr hoch, Henne Hulda."

„Trotzdem bin ich neugierig."

„Zusehen kostet ja nichts."

„Aber wir stellen uns nicht neben den Schlappkamm."

„Ganz recht, wenn aus dem Stolperhahn wieder der Prachthahn wird, ist es besser wir sind allein- stehend."

Der Schlappkamm hatte gar keine Zeit auf die Hühner zu achten, denn er protestierte heftig:

„Krächzeriku!
Hört mir zu.
Es kann das Rennen
nicht anerkennen
meine Autorität.
Der Antrag kam zu spät."

Niemand hörte auf das Gekrächze. Der Ganter schob wortlos den Schlappkamm zur Seite. Und weil er ein Sportsmann war und gerecht, darum gab er auch das Startzeichen. Klein-Eierhuhn und Stolperhahn standen bereit. Der Ganter streckte den langen Hals und drehte den Kopf einmal im Kreis, um Ruhe und Aufmerksamkeit zu schaffen.

„Auf die Plätze!“, rief er ruhig. „Fertig! Stopp, stopp, stopp! Schlappkamm, räum sofort den Knüppel aus dem Weg, den du dort hingeschoben hast. Und wenn du noch einmal störst, dann schnips ich dich am Schlappkamm, dass du denkst, du bist ein Katapult.“

„Oh, bist du aber schön streng“, schnatterte die Gans. „Au! So streng ist übertrieben.“

„Also, noch einmal“, sagte ruhig der Ganter. „Auf die Plätze! Fertig! – Los!“

Das Hühnchen trippelte wild, doch kam dabei fast nicht von der Stelle. Der Stolperhahn hinkte wacker hinterdrein. Eins, zwei! Eins, zwei! Platsch, lag er im Staub.

„Bleib liegen, Freund Stolperhahn“, krächzte vergnügt der Schlappkamm. „Wer unten liegt, kann nicht mehr fallen.“

Der Hahn rappelte sich auf. Er humpelte wieder los. So eine kleine Panne kann doch jedem mal passieren. Eins, zwei! Eins, zwei! Platsch, da lag er in der Pfütze.

„Bleib im Schlamm“, rief der Schlappkamm. „Das kühlt schön.“

„Gib nicht auf“, rief das Hühnchen. Doch der Stolperhahn schüttelte nur den Kopf. Er schloss die Augen. Er gab sich geschlagen.

„Sieh nur, Mann“, schluchzte die Gans. „Eine Tragödie, schlimm wie Weihnachten.“

„Schwatz nicht, Gans. Nichts ist so schlimm wie Weihnachten“, sagte der Ganter. Und mürrisch rief er in die Runde:

„Das Schiedsgericht verkündet Jungen und Alten:
Der Stolperhahn muss den Stolper im Namen behalten.
Sieh mich nicht so vorwurfsvoll an, Weib. Hat ja schließlich jeder gesehen, wie er gestolpert ist.“

Gans und Ganter, Hühnchen und Stolperhahn schwiegen traurig. Die anderen aber, sangen ein fröhliches Lied:

Seht, dort liegt ein Besen rum.
Ein schlechter Besen, er ist krumm.
Voll Mist ist er und nicht sehr stramm.
Seht, der Besen hat ’nen Kamm.
Gag ha, ha! Gag, ha, ha!

Seht, dort tropft ein Wasserhahn.
Sagt, wer hat ihm was getan.
Er sieht nicht freundlich hier herüber.
Ein Eimer her, gleich läuft er über.
Gag, ha, ha! Gag, ha, ha!

Seht, dort steckt mein Freund im Dreck.
Und seine Hennen rennen weg.
Ist in ihm ein Rest von Mann,
hinkt er von selber in die Pfann.
Gag, ha, ha! Gag, ha, ha!

7.

Weit klang das Lied über die Mauern des Hühnerhofes. Es klang bis an den Waldrand in die Ohren eines Fuchses. Der Fuchs war ein großer Musikliebhaber. Er hatte diese Hühnergesänge von Herzen lieb. Und um die Sangeskunst besser genießen zu können, schlich er näher.

Keiner hielt Wache. Da war nicht nur großer Gesang, da war auch großer Streit im Gange. Das passte dem Fuchs sehr gut. Denn Füchse können sehr schnell und schmerzhaft jeden Streit im Hühnerhof schlichten. Er sprang auf die Mauer, legte sich dort flach auf den Bauch, um die Lage zu erkunden. Als keine Gefahr zu erkennen war, setzte er sich aufrecht hin und schleckte sich schon mal mit der Zunge über die Schnauze.

„Der Fuchs, der Fuchs!", rief der Stolperhahn.

„Kikeriki!
Rettet euch, Federvieh.
Er setzt zum Sprung, er fletscht die Zähne.
Rettet euch, Gänse, Hühner und Hähne!
Kikeriki!"

Der Schlappkamm stürzte, die Hühner zur Seite stoßend, in eine Pfütze und tauchte wie ein Frosch unter. Hanna und Hulda rannten, wie aufgescheuchte Hühner halt rennen, kopflos herum und gackerten dabei: „Wir sind verloren, weil wir so appetitlich sind."

Der Stolperhahn rief ihnen zu:

„Kikeriki, rennt, ihr zwei Fetten,
im Ofenrohr könnt ihr euch retten.“

„Oh weh, wir müssen sterben“, schnatterte die Gans, „obwohl noch lange nicht Weihnachten ist.“

„Dumme Gans“, sagte ruhig der Ganter. „Wir brauchen nur das Angenehme mit dem Nützlichen zu verbinden. Nützlich wäre es jetzt, zu verschwinden, und angenehm wäre es, jetzt zu baden.“ Und er schob die Gans in den Brunnen und sprang hinterher.

„Stolperhahn, was stehst du noch“, rief das Klein-Eierhuhn. „Alle sind in Sicherheit. Du hast deine Schuldigkeit getan und musst dich selber retten.“

„Lauf, Hühnchen, schlüpf in ein Versteck!“

„Und du?“

„Reiss‘ ich aus, dann fall ich hin und er kriegt mich doch. Also bleib ich stehen“, sagte der Hahn. Und mit Galgenhumor fügte er hinzu: „Sieht doch auch viel besser aus.“

„Dann bleib ich auch“, rief das Hühnchen.

„Schnell, kriech unter meinen Flügel“, sagte der Hahn.

Der Fuchs saß ruhig auf der Mauer wie an einem Tisch, der für ihn gedeckt wird. Dort steckten zwei

Hühner in einem Rohr und ihre dicken Hintern passten nicht rein. Das wird eine Freude, dachte er, in sie hinein zu beißen. Dort aus dem Tümpel schlappte ein schlapper Kamm. Dieses Gericht nannte der Fuchs im Geiste: Hahn mit Soße. Die Gänse im Brunnen waren leider nicht zu haben. Vielleicht ganz gut so, denn sonst würde noch einer behaupten, er wäre ein Vielfraß. Zuerst aber wollte er sich den stattlichen Hahn dort zur Mitten schnappen. Ihn drei Mal im Kreise herum jagen, bis ihm die Luft knapp wird und ihn dann zu Boden reißen.

Ein Sprung. Ein kurzer Sprint. Halt! Stopp! Bremse Füchslein, sei ein Fuchs, und das heißt: sei schlau.

Und er dachte, dass mit diesem Hahn etwas nicht stimmen konnte. Denn der flatterte nicht, er kreischte nicht und rannte nicht um sein Leben, wie das jeder normale Hahn täte. Dieser Hahn blieb stehen, ohne Furcht. Er war in der Tat ungewöhnlich groß und stark. Seine Sporen waren nicht nur Messer, es waren Säbel gar. Und er sah aus, oh, Schreck, als hätte

er schon viele Füchse besiegt. Anders konnte sich der Fuchs diesen Mut nicht erklären. Da war es wohl besser, er spielte hier nicht den Helden. Warum sollte er sich in blutiges Gemetzel einlassen, wo es noch genug andere Hühnerhöfe gab mit feigen Hähnen.

Das dachte sich der Räuber. Laut aber sagte er höflich:

„Entschuldigen Sie, Herr Hahn. Wenn ich Sie so ansehe, ist mir, als hätte ich mich in der Hausnummer geirrt. Verzeihen Sie die Störung. Und nichts für ungut. Auf Wiedersehen! Oder besser, Adieu! Und einen guten Tag noch, und grüßen Sie die Gemahlinnen. Es war ein Vergnügen, Sie kennen gelernt zu haben. Sie haben doch nichts dagegen, wenn ich mich rückwärts entferne.“

Der Fuchs sprang über die Mauer und raste dem fernen Walde zu. Als er weit genug war, verschnaufte er.

„Das ging gerade noch einmal gut", sagte er zu sich. „Schrecklich, was für Gefahren in der Welt lauern. Selbst solche sanften Gemüter wie ich, sind nie ganz sicher." Und er sang ein sanftes Räuberlied:

„Was will ich schon groß?
Etwas naschen doch bloß.
Warum dann die Wut?
Hühner schmecken gut.

Siebenmal nur die Woch
brat ich oder koch.
An den anderen Tagen
hab ich gar nichts im Magen.

Mäuse missfallen dem Gaumen,
lieber lutsch ich am Daumen.
Ein Hähnchen wäre mir recht,
dafür werd ich, Guter, auch schlecht."

8.

Doch im Hühnerhof, da war die Freude groß. Da reckte sich prächtig der lahme Hahn und schrie:

„Kikeriki!
kommt hervor, Federvieh.
Schüttelt den Schreck aus den Knochen.
Der Räuber ist davon gekrochen.
Kein Hühnerhals wurde lang gezogen,
kein Federchen verbogen.
Wir sind noch immer ihrer sieben.
Der Fuchs, der ist vertrieben.
Kikeriki!“

„Gluck, gluck, hör ich recht?“, krächzte der Schlappkamm in seiner Pampe. „Ich soll tatsächlich noch am Leben sein?“

Hanna und Hulda krochen aus dem Ofenrohr.

„Gerettet sind wir, Henne Hanna. Dabei war mir, als spürte ich schon die schrecklichen Zähne dort, na, du weißt schon wo.“

„Vor Angst hab ich ein Ei gelegt, Henne Hulda. Aber wir wollen es nicht rechnen. Angst macht alles klein."

Im Brunnen gab es noch ein kurzes Familiendrama.

„Na los, mach schon", sprach der Ganter zur Gans.

„Schnattere, damit man uns bemerkt und hier raus holt."

„Aber Ganter, ich denke, es geht dir auf die Nerven, wenn ich laut schnattere."

„Das erste Mal wo dein Geschnatter nützlich wäre, und du willst nicht."

„Nein", sagte übermütig die Gans. „Ich will nicht."

„Ich habe von einer Ente gehört", sagte ruhig der Ganter, „die soll viel lauter schnattern als du."

„Das kann nicht sein, nag, nag, nag", schnatterte unübertrefflich die Gans. „Das ist unmöglich, nag, nag, nag!"

„Danke", sagte ruhig der Ganter. „Das reicht, sie haben uns gehört und lassen den Eimer herunter."

Als alles Gefieder gut aufgeschüttelt und Wasser, Ruß und Schlamm weggeputzt war, da kam das Geflügel zusammen, um ein großes Fest zu feiern. Sie wollten den Stolperhahn ehren und ihm danken. Denn er hatte sie gerettet. Und jeder, der den großen Kampf gesehen, der sollte hervortreten und schnattern.

„Ich!“, krächzte sofort der Schlappkamm. „Ich habe alles genau gesehen. Mein Freund hier, der prächtige Stolperhahn, flog dem Mörder entgegen. Er streckte nach Hahnenart die Beine vor und sichelte mit seinen Sporen dem Fuchs die Ohren ab. So, wie ich es auch ab und zu mache.“

„Ich habe es besser gesehen“, gackerte Hanna. „Mein Mann, der Held, flog an die drei Meter in die Höhe und rammte dann im Sturzflug seinen Schnabel wie einen Speer der Bestie in den Rücken – bis tief in das Blut hinein.“

„Sein Größtes habt ihr vergessen“, gackerte Hulda. „Mein Mann, der Kräftige, packte den buschigen

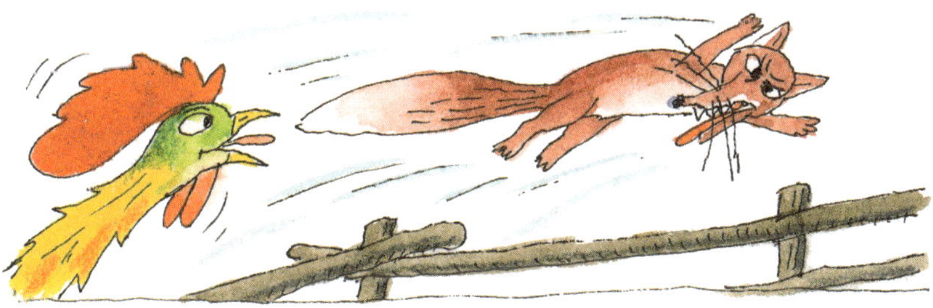

Schwanz und schleuderte den um Gnade Winselnden über seinen Kopf und ließ ihn dann los, dass er wie ein rotes Vögelchen über den Zaun flog. Und bei alldem hat er mir noch lässig zugezwinkert."

„Ihr übertreibt", sprach der Stolperhahn. „Ihr macht mich verlegen. Auch habe ich nicht allein gesiegt. Das Klein-Eierhuhn hat nah an meinem Herzen von ihrem großen Mut mir abgegeben. Komm vor, mein Lieb, und lass dich mit mir feiern."

Das Hühnchen schob den kleinen Kopf unterm Hahnenflügel vor und sah frech in die Runde.

„Mann, Ganter", rief die Gans und schluchzte. „Mach deinen Schnabel auf und sag jetzt was Bedeutendes."

Und bedeutend sagte der Ganter:

„Klein-Eierhuhn und Stolperhahn,
ihr seid hiermit zusammengetan.
Gezeichnet Ganter, entfernter Verwandter.“

„Ein herrliches Paar“, schwärmte die Gans.

„Herrliches Paar hin“, gackerte Hanna leise. „Er stolpert.“

„Herrliches Paar her“, gackerte Hulda leise. „Sie legt nur Klein-Eier.“

Beide Hennen riefen laut: „Hoch sollen sie leben!“

Auch der Schlappkamm krächzte müde:
„Hoch, hoch, hoch!“